박쥐우산을 든 남자

지혜사랑 272

박쥐우산을 든 남자

김평엽 시집

지혜

시인의 말

이 시집을 모니카의 젊은 시절에 바친다

차례

1부 박쥐, 우산을 펴다

2부 박쥐, 우산을 쓰다

3부   박쥐, 우산을 접다

4부   박쥐, 우산을 잃다

9

• 일러두기

페이지의 첫줄이 연과 연 사이의 띄어쓰기 줄에 해당할 경우 > 로
표시합니다.

1부
박쥐, 우산을 펴다

Tombe La Neige*

꽃을 훔쳐보았을 때 우주가 두근거린 것처럼
차마 심장이 네게 하지 못한 고백
진실은 들어 올릴 때가 무겁다
집착으로 중독된 난 객관을 벗어났고
새벽은 툇마루 모서리에 걸렸다
동치미 항아리를 열고
차가운 걸 편도선으로 넘긴다
씻어야 할 쌀이 없어 문장을 찢어 먹던 겨울
속절없이 함박눈 내려
누군가는 서성거리고 누군가는 죽음을 덮는 시각
들러붙은 연탄을 부엌칼로 가르며
석탄기의 내장을 보아야 했다
아궁이를 비추며 한 움큼 코피를 쏟는
활활 타오르는 분노,
세상이 잠든 새벽이면
샹송이 멈춘 곳에 연탄재를 버렸다

* 아다모Salvatore Adamo가 1963년 발표한 곡, 눈이 내리네.

녹슨 장미와 십자가

들장미와 비둘기 뼈를 들판에 뿌렸다
입사각대로 그림자가 반사되었다
무채색에 대한 논란은 소모적이다
사랑했던 사람에게
바순과 콘트라베이스의 악보를 보여주었다
어린 염소가 달아나게 사슬을 풀어주고
철물점에 들러 못 한 줌 샀다
죽기 전의 기억이랄까
슬픔이 부화하는 입구를 촘촘 박고
바람벽에 별 한 줌 쑤셔 넣었다

벤조디아제핀*

수컷 고라니가 남기고 간 질문을 되감는다
스프링처럼 뒤꿈치 든 하늘
부질없는 것들은 동트기 전 농담을 끝낸다
포물선을 이해하려면
먼저 플라톤의 손가락을 주목해야 한다
생명이란 체적을 속도로 미분한 것
목숨의 비탈에서 과감하게 활강하는 갈꽃들
한 점 붉은 발자국 찍고 아득히 별이 된다
꿈의 외곽까지 순례하는
희망은 불안을 세 갈래로 땋는다
갱신해야 할 날의 임박한 목숨
놓치면 여지없이 과태료다
도주하다가도 되돌아 이유를 묻는,
고라니는 죽을 때 망설이지 않는다

* 벤조디아제핀benzodiazepine, 신경안정제

내일은 오락가락 비가 올 것이다

의사 선생님께 머리가 아프다고 했다
의사는 실제 아픈 게 아니라 아픈 신호가
오작동한 것이라고,
뒷골 부위는 아무 이상 없고
당신이 그렇게 느낄 뿐이라고,
여하간 말 잘 듣고 약이나 먹으란 얘기인데
나는 그렇게 못하겠다는 게
욕망의 자위적 반발이었다
신호전달 물질의 이상 반응이라는 추정
그러나 고통은 내게 실재한다는 것
그게 철학적으로 중요하다는 사실
사람들이 일찍부터 새벽시장에 모였다
장작불을 쬐는 그들
나는 망자의 혼령이라 주장하고
의사는 내 시신경의 오작동이라 간주한다
나는 의사의 권위적 오류를 지적한다
서로의 눈빛이 불편하다
애끓는 오전 진료
간호사도 오작동을 측정하려다 점심시간을 본다
하마 사랑도 오작동이라고,
애정이 없이 면사포 쓰고
감정의 오류로 살 수 있는 겨울 쿠데타

여전히 나를 나라고 규정하고
의사는 자신을 의사라 확신한다
팽팽히 누군가 잘못되었다
적어도 하나는 환자여야 한다

오래된 섬

바람을 안고 발돋움하는 건 모두 꽃이다
살구가 분홍을 향해 기어오르는 담장
세일러복 소녀의 미소엔 각주가 없다
기억의 렌즈를 조이면 선명해지는 과거
봉숭아는 가슴 깊이 묻어야 산다
어머니도 누이도 화단 마루에서 핀다
어디로 갔을까 내 오래된 시계는
어느 계절에서 멈추었을까
버림받은 것은 습관적으로 상처를 감춘다
진료기록 없이 복도에서 사산된 꽃잎과
낮은 각도에서 글썽이는 별
한때 사랑이란 이름으로 애면글면했던
저녁이면 기차는 해바라기 뒤로 눕는다
허기진 노을을 마지막 본 사람 누굴까
바람과 대각을 이루는 건 날개가 있다
우편함에서 나비가 슬픔을 접는다
어쩜 모두가 낡은 창밖의 바람일진대
문득문득 그 붉은 기억 흔드는 꽃잎 몇 점

하늘로 흐르는 강

골목에 웅크린 사과나무를 배에 실었다
병에 채집한 노을도 실었다
모르포 나비도, 에스프레소를 마시는 동안
초록 안개가 솜솜 다가오고 있었다
호롱에 불을 달아주자 어둠의 중심선이 보였다
가난하여 버리지 못한 놋수저 한 벌,
물 위의 어머니를 태웠다
접시 한 개 버리고 고양이를 태웠다
무중력 그리고 공백
안개의 섬유질이 빠질 무렵
배 안의 것들이 증발하기 시작한다
모서리부터 밑변에 이르기까지 허공으로 헤엄친다
애초에 없던 것들 사라지자
앰뷸런스가 젖은 물기 털고 있다

얼라이언먼트

어머니 손을 잡고 꿈길을 가는데 튤립
마당에서 머리가 뻐근하다
오래 쓰다 보면 축이 조금씩 벌어져
타이어에 편마모가 생긴다는 카센터의 말
신경외과에서도 편두통과 불안의 원인을
정신적 밸런스 문제라고
험한 노면에서의 스트레스 탓이라 간주한다
약을 먹으면 축을 조정할 수 있다는데
3년 지났어도 정신의 각도가 헐겁다
졸면 안 되는데 안 되는데
의사는 나를 자꾸 꿈속으로 밀어 넣고
카센타 주인은 머릿속 오일을 찍어 살피고 있다

꽃, 눈을 감다

벚꽃 한 무더기 날아간다 서쪽 어디로 가는 걸까
위험한 멀미다, 좌표도 없이 푸른 하늘
성호를 긋고 어머니를 마주한다
바람이 펄럭거리다 부전나비로 부서진다
눅눅한 방에 기침 소리 돋아난다
아무래도 봄이야, 차를 타고 시골로 가자
모난 돌들이 덜컥덜컥 가로눕는다
겨울이었을까 시리게 흰 백양나무
얼마나 아뜩했으면 기억마저 삭았을까
바람 부는 바다에서 성사를 본다
파도가 십자 너울로 부서진다
더는 꽃 볼 일 없을 것이다
지독한 보속, 편두통을 견뎌야 한다
아, 어제 잃어버린 기억이 비를 맞고 있다

나를 처방하다

플라스크 속 기억을 증류하면 무엇이 남을까
스포이드로 어둠 한 방울 넣고 흔들면?
기억은 순서 없이 번어간다
시도 때도 없이 어머니가 자란다
매번 나타나는 소녀
차를 어디에 주차했는지 기억이 없다
애먼 골목 헤매다 보면 소녀는 사라지고
차는 엉뚱한 곳에서 발견된다
풍경은 늘 파손되어 있다
라디오를 틀면 높은 절벽
나뭇가지가 툭툭 과거를 순지른다
아득한 안개에 대한 회상
그리고 한 줌 분말
몇 줄의 보고서를 제출할 때가 지나버린,

태양의 지문

나는 한때 요셉이었다가
요한이었다가
십자가의 나무였다가
노랑을 삼킨 장미였다가
잠자리였다가
끌려간 목수였다가
선녀를 감금한 사냥꾼이었다가
슬리퍼로 온 동네 돌고 온
구름이었다가
아나키스트였다가
푸른 포구였다가
암호였다가
가을 묻은 햇살이었다가
절벽 끝 중력이었다가
생각을 절개한
알타미라의 짐승이었다

아마도 밤이었을 거야

누군가와 부딪치면서 시간의 접시가 엎질러졌다 시장에서 만난 신부님이

내일 위령미사 나오라 한다 혼란스럽게

퇴근하는데 오래된 술이 깨지 않는다

노랑 택시를 탔다 어지럽다 거리와 건물을 누가 헤집어 놨는지

낯선 상가가 길을 막아선다

백미러를 열고 기사가 목적지를 신문한다 답변을 못 하겠다

도무지 주변을 봐도 생각나지 않는다

크낙새가 기억을 파먹었다고 말한다 그사이 여자가 합승한다

여자는 나의 모르스 부호를 이명증이라 치부한다

시간을 지혈해야 하는데 기억이 자꾸 쏟아져 내리고

어지럼증이 귀를 뜯어먹는다 또다시 누군가 합승한다

이대로 안 되는데 몽롱하다 더 이상 잃을 게 없는

택시가 허공에서 뒤척인다 아무래도 돌아가는 건 무리다

위령도 그리움도 여기서 끝, 추락하는 못된 시간!

콘트라베이스 솔로

주식이 올랐다고 어머니가 좋아한다
뜬금없이 김대중 선생을 만난 나도
머리숱이 휑하다
정말 주식을 사볼까
맹랑한 설렘은 늘 불안이다
산에서 암칡을 캐려고 수직으로
삽날을 박는다 투쟁은 늘 허리가 아프다
화장실에서의 바지 내린 자세는 혹자의 욕망
해협을 건너온 여성이 웃는다
째깍째깍 나도 웃는다
열강은 핵을 사용하지 않기로 하여
유대인이 팥죽 바르며 자축한다
여성의 정교한 주름과 눈빛
발랄한 곡선이 파장이 된다
희망은 왜 사랑과 신의를 착각하게 하는가
진짜 같은 겨울
아무래도 칡을 캔 건 잘한 일이다
주식도 올랐고 어머니도 떠났으므로,
콘트라베이스를 한줄한줄 뜯어본다

여백으로 옮겨간 시간의 커서를 제자리로 옮길 수 있을까

그는 죽기 전 쾰른행 열차를 탔다
연민 따위로 복원할 수 없는
캔버스 여백에 남은 물감을 뿌려주었다
관棺은 오래전 모딜리아니가 사용했던
갸름한 것을 재활용하기로 했다
눈이 푸른 지하 계단엔 국화 몇 송이
그림자에 기대 울고 있었다
약을 먹어도 공황 도지는 날
일기장에 웅크린 활자를 모두 발치했는데도
기억의 톱니는 살아나지 않았다
쥐었던 꽃이 정지화면으로 떨어진다,
아무래도 깊게 박힌 강박의 한나절
화르르 방화문 열리고
비로소 화염 속으로 열차는 떠났다
반송된 편지와 함께
갈팡질팡 내일은 눈이 올 것임을

낡은 슬리퍼와 잡지

발자국이 나를 따라오지 않는다
인연이 다 되어서일까
연립주택이 지워진다 차량도 증발한다
어린 굴참나무가 손가락셈을 한다,
발코니에서 보는 노을의 각도
사실 그대는 나의 어제였음을
작별을 이해하려면 몇 개의 모음이 필요하다
내 안에서 병든 누군가의 시간
원뿔로 내려앉은 것을 강변에 뿌린다
그리움은 잔뿌리로도 사는 것
울타리를 걷는다
사육하던 염소가 힘차게 달아난다
갈라진 발굽 소리
병든 것을 나는 너무 오래 소유하였다

진료대기실

들판에서 채취한 연두색 상처가 낫질 않는다
저녁 허기진 하늘에 어둠을 섞다가
조급하게 스카이라인을 망치고 말았다
동치미는 만들기 어렵다는데
빛을 한 나이프 떠서 물에 헹군다
무색을 빛이라 착각했던 잠시,
캔버스 모서리에 엉긴 블랙을 긁어낸다
빗살무늬의 불안감이 드러난다
의사는 좀 색다른 물감을 준비해보라 한다
자꾸만 깜박이는 형광등
양귀비 하얀 수액이 맴돌아 나른하다
그래 뜸 들 때까지, 나를 열지 마

판화 속 어머니

어둠을 눌러 별을 찍는 날 당신은 사라졌습니다
층계를 올라오는 가락지 소리
마루 끝에서 한숨 이끌다가
채송화 까맣게 영글었습니다
붉은 목단도 하얗게 피었습니다
당신 소유의 화단
잡기장 빼곡히 눌러쓴 난수표
빨랫줄에 사진 몇 장 널고
밤이면 솜이불 가지고 와
당신은 허공에 주무십니다
질긴 투망을 당기는 사이
까치 발자국 총총
핏줄도 사라져 투둑
새벽까지 아픔은 아픔도 아니었습니다

안개 구역 사람들

사람이 모였다 미학을 처방받기 위해
난해한 초현실 세계로 번호표를 들고 들어갔다
살기 등등 사내 하나가
사랑하는 사람을 만나게 해달라고 했다
의사는 청진기를 꺼냈다
찔레꽃 거친 주막에서
사내는 여인을 보았다 했지만
의사는 그럴 리가 없다 단언했다
떨어진 꽃잎에 대해
오실로스코프는 왜곡된 파형을 보였다
사내가 빼곡한 슬픔 속으로
과육처럼 스며갔다
달이 떠올랐다 사랑도 거품이라고 생각할 즈음
시간 안쪽에서 알약이 녹았다
지루한 문장이 흔들렸다
기억에 머큐로크롬을 섞는 건 통증이다
벽틈에서 자라는 여자 손톱
이제라도 사망신고를 해야 하나
신경외과 처방은 간호사보다 긴박하다

여우는 울지 않는다

사막에 겨울 숲이 자란다
은빛 여우가 별의 점자를 읽는 동안
지상의 것은 작별을 한다
사막의 달은 늘 크롬 빛
어둠이 뭉친 곳에 생명이 부풀고
올리브도 지중해를 그리며 자랄 것이다
파장이 서로 간섭하듯
산다는 건 필라멘트처럼 타들어 가는 것
눈구덩이에 던져졌던 울음이
세상 밖에서 시든다
어쩌면 꽃잎 흩날리더라도
유라시아 열차는 오지 않을 것이다
결국 신발 벗고 조용히 눕는
세상엔 배신이 너무 많다

역류성 식도염

한 뭉치 시간을 헤집다 길을 잃었다
웃음은 늘 푸른색이다
돌담으로 이어지는 바로크 문양의 아다지오
알비노니의 숨결은 진지하다
카타콤바에서 암호가 풀리듯
때늦은 수국이 우주를 밀고 있다
가야 할 섬은 커튼 뒤로 숨고
커피를 갈아 분쇄된 향기를 심장에 담는다
한나절 햇살에 저민 꽃들이여
어지럼증 하얗게 광목은 잘 말랐을까
추억을 꿰매다 손톱 밑이 찔렸다
틀어진 시간 사이로 번지는 목단꽃 노을
활과 함께 잠든 첼로는
간간 G단조에서 음을 더듬는다

구름을 가둔 방

언제부터인지 내겐 두 개의 방이 있다
시간과 공간이 각각 다른
두 명의 내가 머물거나 갇혀있다
새벽이 잠들면 다른 방에선 노을이 깨어났다
한쪽이 여름이면 한쪽은 겨울이었고
하꼬방에서 잃어버린 수첩을 찾고 있으면
건너편에선 칸나꽃 피고
그 기억의 경계에서 수백 마리의 나비가 날았다
어머니가 중국산 수의를 입는 동안
발길이 멈춰 시간도 끊겼다
진료기록 속 봉숭아로 물든 방은 폐쇄되었다
갈 곳을 잃었다 고스란히,
어쩌다 난 녹슨 십자가의 못이 되었을까
쿵쿵 하늘에 박았던 못
후둑후둑 떨어져 땅에 꽂힌다,
음울한 삼십 년 결국 나는 나를 기소하기로 했다

너도 젖었니?

꽃은 필 때와 질 때가 있나니
밤나무가 지붕에 4월의 암막을 덮는다
지상을 몇 바퀴 돌다 온 저녁
시간이 조금 마모되었다
막내가 안경을 써도 보이지 않는다고
등 뒤에서 울었다
키우던 강아지는 손끝에서 죽었다
벌초를 끝낸 아비가 또 담배를 태운다
복사꽃이 프랙털로 피어나던 노을
화장실에 웅크린 상대성이론
화단에 묶여 살던 메꽃이 담장에서 목을 맨다
짧아진 밤을 수면제로 나누어
램프의 숨통을 조여야 할 시간,
저수지 바닥을 전짓불로 비춰보았을 때처럼
눈먼 세상 깊이 젖어 있다

죽은 황녀를 위한 소네트

재활용 수거 차량과 충돌했다
운전자가 내 차를 고쳐주겠다 하여
시청 별관 뒤, 헌 옷이 쌓인 야적장으로 갔다
수거함에서 낡은 옷이 쏟아지는 동안
쌓인 체취와 함께 나도 누군가의 폐기물임을,
샤워를 마친 어린 잡부들이 속옷 차림으로 나와
옷을 구분했다 한때 영화롭던 색상이
아무 표정 무늬도 없이 무너진다
신분 세탁으로 거듭나야 살 수 있는,
언뜻 옷더미 틈에 슈트케이스를 보았다
은색 버튼을 누르자 여자애 시신이,
아찔한 아잔Azan* 소리에 눈뜬다
널린 옷소매가 코브라처럼 일어선다
옷 무덤에서 죽었던 애들도 깨어났다
소녀의 눈에서 말리화가 피는가 싶은데
텅텅텅 셋잇단음표의 망치 소리 울리고
범퍼 수리가 끝났다고
청소차 운전사가 악센트 높여 소리친다
내 꼴을 보더니 애들을 데려가라고
소녀도 가져가라고, 씽긋 웃는다
아, 병원으로 갈 것인가 페르시아로 갈 것인가

* 이슬람에서 기도 시간을 알리는 일종의 기도 목소리

어둠의 테두리는 빛이다

밤이면 죽었던 등대가 살아난다
시들었던 꽃의 주변으로 빛이 모여든다
상처는 숙성될수록 향기롭다
산을 내려오다 깨진 접시를 주웠다
형형한 테두리를 닦다가
사무침과 잊혀짐이 어떻게 결별했는지
어둠과 빛의 불화를 생각했다
시간은 늘 나선형으로 진행한다는 걸
우주의 신경계를 보고 알았다
흑백영화 속 집의 번지가 바뀌고
주민등록상 동거인도 행불자 되어
낙숫물 소리만 허기졌다
내가 너에게 서슴없이 주고 싶었던
단 하나, 사랑은 아니었어도
둥글고 투명한 불빛 한 점이었음을!
(¿Entiende usted esto?)*

* 당신은 이해합니까? 스페인어

새벽 비 여인숙

꽃이 지는 동안 꼬박 밤을 새웠다
질병과 동침하며 짐승처럼 울었다
하늘의 별 따윈 세지 않았다
한때 들판에서 떠돌던 것들
젊어서 떠난 아버지부터
바람과 함께 사라진 들풀에까지
굳은 빵 나누며 축복했다
어두운 하늘에 반짝이는 별이
하느님의 성소에서 머리칼을 풀었다
비 오는 여인숙 욕조에 눕고 싶었다
따뜻한 비누칠로
질병의 입구로 들어가고 싶었다
이마가 뜨끈한 새벽
뱀처럼 내 몸을 닫는다
아듀Adieu, 내일도 여기서 끝

창살로 된 실로폰

보름달 빵을 훔쳐 먹었다
카라마조프가의 형제도 훔쳤다
경비실에 있는 순경을 때렸다
술에 취해 근무하냐고
어이없어하는 표정을 한 대 더 때렸다
경찰은 당직실로 달아났다 술 취한
얼굴은 그곳에 더 있었다
그들 명찰을 토막토막 읽었다
세상에서 배운 건 공갈 협박
딜라일라를 듣는다 오랜만의 리듬
이제 달아나야겠다
풍향계 우는 니겔라* 숲으로
평안하신가 칼 끝 형제들이여!

* Nigella. 유럽 및 북아프리카에 분포하는 꽃. 꽃말은 '꿈길의 애정'

2부
박쥐, 우산을 쓰다

엘칸토

오래된 시장市場이 다른 곳으로 옮겨 간단다
사람들의 눈꽃이 욕설로 핀다
집값 떨어질 것이라며 공황을 염려한다
그러건 말건 난 낚시를 간다
어머니는 잡힌 피라미로 어죽을 끓인다
희미한 친구와 오랜만의 요기를 한다
서울을 가야 하는데, 막차 시간
밖은 비가 내려 질척하다
신고 갈, 신발이 없다 또 나는 맨발이다
짝짝이 슬리퍼를 끌고 나선다
매표소 밖에서 버스를 기다렸다
터미널은 죽은 사람들로 북적인다
기다림이 지루해 상처의 딱지를 긁었다
시든 꽃받침 위에 다시 피가 얹힌다
고독한 시간을 기억하기 위해
슬픔을 떼고 다시 혈당을 재본다
대체 내 신발 누가 신고 갔을까
이참에 굶주린 악어나 키워야겠다

Historia de un amor*

누군가 꽃으로 다가와 발자국을 놓고 간다
온종일 꽃잎을 만지며 향기를 벗긴다
꿈이다 앙상한 뼈로 남은 그대는,
발코니를 열면 밀물 치는 산토리니** 어디쯤
소파 깊숙이 축음기 앞에 머물
칼새는 그 물결 스치며 추억을 재생한다
비 그친 카페, 소녀를 태우고 노을로 향하던
오렌지빛 실루엣 너울거린다
와인을 흔든다 차가운 풍경 넘친다
너무 어려서였을까 사랑의 바탕색도 모르고
거리에서 거리로 떠돌던, 우체국에서 꽃을 사서
어둠 깊이 발송했을 때
계절을 통째 무너뜨리던 아네모네***
그저 네 붉은 꽃 온통 미어지던!

* Luz Casal의 노래 '사랑의 역사'
** 그리스에 있는 섬
*** Anemone. 꽃말은 속절없는 사랑

Oblivion*

친구가 자전거를 빌려 갔다 소식이 없다
오래된 거리에서 친구를 만났다
알려준 전당포 사거리로 갔다
자전거는 뼈대만 남은 채 발견되었다
그는 내 친구일까 생각하며
핸들을 잡았다 어색했다
풍년제과 쯤에서 빵 굽는 냄새가 났다
내 것이 아닌 내 것
습관성약물보다 달콤한 병, 낚시를 갔다
바닷가의 찌들이 사람과 섬을
점선으로 이어주어 눈 맞춤 했다
바늘을 단 미끼를 던졌다 멀리
이승과 저승을 지나 갯지렁이는
패스워드 없이 바다로 입력되었다
목숨이 말라 썰물이 시작되었다
낚시가 헐거워졌다
차를 후진하는데 덜컥 뭔가 부딪혔다
주차장에서 생이 지체되었다
유언을 탁송하기엔 늦은
가시 돋친 꽃이 블랙박스에 잡혔다
일찍 출발했어야 하는데
이제 검은 돛배를 탈 수 없다

지중해로 가는 길도 막혔으므로
기억이 수리될 때까지 하모니카를 불어야 한다
피아졸라의 Oblivion
죽어서 행복한 해안이 흔들렸다

* 피아졸라의 명곡, Oblivion(망각)

Amore Mio*

붉은 모서리를 가진 것은 아픔이다
너에 대한 사랑도 오랜 통증이다
핏빛을 녹인 치열함
팔레트를 펼치고 심장을 짠다
나이프로 색을 떠낸다
입술에서 연두색 가슴에서 코발트
그것을 몰약에 섞는다
수술실 캔버스에 누운 떨림이다
병자성사를 본 사람은 안다
비스킷과 그리움
주저 없이 부서져야 향기로운 것들

* Alida Chelli의 노래, 영화 '형사'의 주제곡, 죽도록 사랑해서(Sinno
  Me Moro)

꿈꾸는 아코디언

막 수리를 끝낸 바다의 건반을 연주한다
흰 셔츠를 입었으므로 탱고를 춘다
시암베타 피쉬*의 붉은,
그대의 이마에 성호를 긋고
밀롱가 드레스에 대해 얘기한다
피아졸라의 리베르
아말피** 해안 어느 숙소에서 채집한
당도를 측정한다
향긋한, 내일 아침 죽어야겠다

* 화려한 드레스를 입은 듯한 관상용 물고기
** 역사적인 이탈리아 해변 중 가장 아름다운 해안

얼마나 많은 까마귀가 내 안에

어머니가 무릎을 주물러 달라신다
돌아가신 어머니
홑이불 속 무릎을 가지런히 눌러드린다
뼈가 흩어지지 않게
눅눅한 그을음이 벽을 타고 오른다
살진 구더기가 이만 총총 떨어진다
에프킬라를 뿌린다
뼈를 추스르고 일어난 어머니가
배고프다며 나간다
이웃집 식탁에 앉아 저녁을 드신다
허겁지겁 떨어지는 벌레들
미루나무 툭툭 부러진다
늪 속에 잠긴 시신들이 하나둘
기어나 온다 북적이는 마을
잠들지 못한 까마귀가 심장을 파먹는다
손을 휘젓자 사라지는 어둠
종일 불편하게 흉흉한,
성부와 성자와 성령의 이름으로 아멘

낙타표 문화연필

높은 곳에 걸쳐있는 고압선을 잘랐다
저녁에 신문 배달하는 아이가 왔다
왜 신문 배달을 하느냐 물었다
아이는 말하지 않았다
도와주고 싶다 했다
아이는 작은 병에 담긴 것을 병원에
갖다주라 했다 밑도 끝도 없이
안방에선 처음 보는 이모부가 나왔다
어머니는 나를 인사 시켰다
다시 신문 배달 아이가 왔다
아이는 밀린 과제가 있다 했다
어머니는 건넌방을 청소하고
나는 화장실에서 샤워를 했다
옷을 입은 채 몸을 적셨다
아이가 내 방에 잠들어 있었다
이름 없이 배달된 꽃처럼,
도화지에 작은 물기 젖어 있었다
살아 서럽게 죄 없는 것들!

회색 뼈

미학 과목을 수강 신청했다 첫 시간부터 질의를 했다
교수는 짬짬한 표정으로 나를 찍었다
강의가 끝나고 교수가 저녁을 먹자 했다
차를 몰고 간 곳엔 정육점과 식당이 함부로 섞여 있었다
교수가 먼저 식당으로 들어가고
나는 정육점 뒤에서 소변을 보려다
뼈에서 살을 바르는 사내를 보았다
칼이 잘 든다며 무릎과 정강이를 먹기 좋게 치고 있었다
여기저기 사람들이 뼈를 구경했다
나는 달아나 경찰에 신고를 했다
경찰은 저녁 먹을 시간이라며 볼펜을 돌렸다
다시 나는 달아났다 냇물이 흘렀다
낚시를 드리우면 질척한 고기가 나올,
이쑤시개를 쑤시며 사람들이 지나갔다
끈적거리는 손을 씻어야 하는데
고인 물마다 굳은 기름이었다
머리카락 한 움큼 빠질 것 같은,
대체 인간은 언제부터 포크를 사용했을까
내 기억의 뼈를 먹어 치운 놈은 또 누구일까

카페 아빠시오나또

필름에서 오래된 기억을 재생할 수 있을까
12진법 마법에선 가능하다는
추억을 잔에 채워 시계 반대 방향으로 돌리면
틱톡, 시간의 톱니는 역으로 물려
로마행 열차가 선로를 수정하고
그 형형한 슬픔들 무정차로 지나
안드레아델라발레*에 밤 깊어 도착하지
그예 별이 빛나건만 종탑 오르는 토스카
결국 미분한 알약은 떨어지고 필라멘트도 타버려
우리 운명에 함박눈 내릴 때
습관성 약물은 늘 독한 추억을 증류하지
때로는 살기 위해 죽고 죽어야 행복한
커피 한 방울 내리기까지 삼십 년
에스프레소와 아빠시오나또**를 섞으면
레몬빛 통증이 나선형으로 굴절한다는 것
코닥코닥 상념의 꽃 피는 오늘 밤
이 도시 살아 나갈 수 있을까

* 바실리카에 있는 성당, 토스카 1막의 배경
** appassionato, '격정적으로'

하느님의 눈물샘

물에 비친 숲, 불타버린 땅
깊은 곳 설움이 질컥질컥 차올라
풀과 넝쿨 무심히 경계를 덮은,
끝내 삽날로 굴절한 어머니

촉촉 새벽

애 딸린 여자가 있었다 향내가 좋았다
대학원도 나왔다
어머니는 주무시고 있다
나는 자다 깨어났다 어머니는 가루약을
먹으라 했다 야경이 아름다워졌다
새벽녘에 시장에서
경찰이 오가고 액션 배우들이 뛰었다
앵글 안으로 내가 들어갔다
배가 고팠다
당신과 함께 밥을 먹고 싶어요
여배우가 나를 포옹했다
빈틈없이 나는 경찰을 불렀다
바쁜 경찰과 예쁜 여자
둘 중 하나는 죽어도 좋았다
개처럼 짖는 아이
나는 기도하고 어둠은 혐의를 벗었다
여자가 고맙다 했다
향내가 아무래도 수상했다

구름화살꽃

처방전에 어지럼증 한 스푼을 올리자
까만 활자로 흩어진다
검은줄나비의 주검
토양에서 꽃씨들이 분열하는 동안
부화하지 못한 씨앗 몇 점
부고란에 뿌려질 부장副葬 목록이다
죽지 않는 그대는 아라베스크
의사는 depression*이라 갈겨쓰고 표정을 닫는다
탁한 혈장, 꽃이 향기와 어긋나
원심분리된 커피는 맛이 쓰다
천 년 전 주술사가 말했다
향을 피워도 변경할 수 없다는,
아침마다 멈춘 시계를 감는다
절룩거리는 초침이 어제의 길을 간다
전당포 주인에 길들여진 시계
내일, 자살한 의사는
기하학적 도면을 남길 것이다

* 신경쇠약

불화

우주는 단단해, 네 안에 소행성 있고
한 달에 한 번 유성우를 떨구지
운석마다 희망이라 각주 달면
의사는 늘 세상이 보일 거라 말하지
죽은 햇살 안고 춤추는 출렁다리
날 저물어 성호경 긋고 간호원 부르면
수혈되는 보랏빛 물살
수면제를 달라 해도 별들만 속절없어
엔간하면 차마 그리운 사람 몇
건망증 틈 사이에서 발견되지
시간의 경계에 떠 있는 가시나무를
편도선에서 빼내고
부서진 달빛 거두어 불 지피면
천 년 전 아궁이 속
불꽃 밟고 들어간 사람 되돌아 나오지
오동나무 관 앞세워
눈부시게 불붙는 신경 다발들

그림자를 담은 자루

이번엔 옷을 잃어버렸다 어머니가
다락에서 내려와 부적을 써줬다
운동회 날, 사내가 끈 두 개를 보여줬다
긴 끈을 찾아보라며 끈을 비틀었다
내가 잡은 건 짧은 끈
사내는 돈을 쥐고 사라졌다
환영식을 끝낸 새내기들이 층계를 오른다
너희도 속았구나, 용궁이 고향인 여자애는
저녁이면 역전 뒤로 갔다
밤은 모퉁이에서 안개를 사산하고
오래된 유령에게 편지를 쓴다
뱀이 허물을 찢는 허망함
병 속에 담긴 그리움을 흔들어본다
수만 광년 떠돌던 습관
이 밤도 추억은 간간 공전할 것이다

오 드 뚜왈렛*

어둠 속 정강이뼈를 껴안고 울었다
칠판에 적힌 수학 공식은 암호의 결합인데
노트가 없다
일렬로 다가오는 발자국
붉은가슴새가 노을을 묻혀 왔다
공부 잘하는 여자애와 앉았다
데카르트와 세 들어 살던
그녀에게 베르사체를 주고 교실을 나왔다
손바닥이 보라색으로 젖어 있었다
― 확실해 뱀이 다녀간 게,
꽃을 든 네가 환상이라면 나는 비가시적이다
유리잔 깨지는 소리
우주를 떠받치는 건 침묵일진대
추억에 대한 혐의는 없다
산티아고 길에 발견한 붉은가시나무
간신히 길가에 앉아 통증을 기다린다
노을빛 향기, 오 드 뚜왈렛!

* eau de toillette, 방향성 화장품

오래된 문

순록을 쫓다 길을 잃었다
기억의 빵은 새들이 쪼아 먹었다
차단기가 내려져 회로가 끊겼다
내부가 온통 말랑한 벽이다
어미가 나를 버리고 문을 닫았듯
기억의 틈도 닫혔다
장마가 계속되어 운동화를 또 잃었다
질컥이는 맨발
모든 것의 내면은 왜 질컥임일까
아쉬움과 애증이 황갈색을 낳고
전화번호를 잃었다
소녀에게 터키석 목걸이를 줄 걸,
성호를 그었다 아침 6시 50분
파리바게뜨에선 빵을 굽는다
표면이 그렁그렁 익는데
마당 마루에 어머니 앉아있고
고양이가 누워있다
카메라로 잠시 태양을 보정한다
톱니에 물렸던 필름이 끊긴다
그리움의 실종으로 생산이 중단되었다는
잃어버린 환상에 대한 미련
안쪽에서 여인이 젖을 물리고 있다

대합실

목선을 타고 카르파티아산맥을 건넌다
차르다시의 호수에 크리스틸 튜바가 떠 있다
바람의 은신처에 머물렀으나 별이 뜨지 않는다
전신주 밑엔 누군가 버린 아버지
새롭게 뿌리를 내리고 있다
양 창자를 훑어 그늘에 말린다
가문비로 덧댄 첼로,
G 선을 건드리자 머스크 향 촉촉 피어난다
표를 구매하기엔 아직 이른 시간

빈집의 시간

사과를 들고도 질량감을 느끼지 못할 때가 있다
비애는 쪼개진 단면에서 응고한다
빈집은 바람의 은신처
사람 살지 않는 집은 유령의 숙소이다
어둠을 시간에서 제외한다
병풍과 서책은 묵은 사상의 내력일 뿐
영농조합 일정이 11월에서 멈추었다
괘종시계와 깨진 그릇
의료 혜택이 만료되었음을 공시한다
직관적 반짇고리가 선반에 누워있다
낡은 옥가락지의 마지막 위안처였을,
빈집에 격납된 시간은 팽팽하다
고무신 신고 따라오는 산후 우울증
실존은 늘 감각을 앞선다
마모되어 잊힌 추억도 기세등등
If you go away나 들어야겠다

낡은 칠을 벗기다

20년 전 술을 마시고 운전을 했다
그리고 병원 앰뷸런스가 왔다
오늘은 성모 승천 대축일, 꽃송이를 바쳤다
함께 사는 개가 새끼 4마리를 낳았다
성질이 예민해져
담장 위 고양이를 죽이려 했다
옆집 염소가 날뛰었다
하늘에 머무는 시간이 행복했다
나무를 건드리면 꽃이 피었다
올리브 산 너머 골로사이를 가고,
덕분에 내 시계를 의사가 차고 있었다
그는 기억을 납땜하는 중이었고
나는 해협을 건너고 있었다
유리 조각으로 분산되었던 시간이
봉합되었다, 가끔은
소중한 것이 예고 없이 떠난다

파피루스 감옥

일꾼들이 도서관 낡은 책을 빼냈다
적층문학이 개미 무덤을 이루었다
맞춤법이 파괴되고 문장이 수평으로 교체된 시대
거대한 집게 차량이 왔다
사상과 역사가 폐기되는 동안
나는 몇 권의 책을 구출했다
분서갱유의 악몽이 다시 한번 소각된 후
흙벽에 살아남은 기록을 읽었다
실종된 시간이 핏줄로 벋었다
파피루스 문자는 나일강에서 무성무성 자라고
어머니는 자주 틀니를 잃었다
어느덧 자란 개가 나의 냄새를 익히고
쇠문 뒤 또 하나의 철문
죽은 자는 새롭게 악보를 교정했다
술잔 넘치도록 반가운
음절이 파이프 오르간에서 뛰놀았다
따스하게 잠들고 싶었다
누군가의 가슴에 억류되었을 때처럼,

강박

잠을 자는 데 뭔가 잘못되었다
지금이라도 방을 나가야 할 것 같다
장롱에 넣어둔 낚시 가방을 꺼냈다
그리고 양복을 입었다
깊은 밤, 문간방 여자가 어머니를 불렀다
어머니는 30촉 전등을 지나 바깥으로 나갔다
잠시 후 이모가 죽었다 한다
나이대로 죽는 것이련만 제비처럼 울었다
나는 방 안의 불을 껐다
자전거를 끌고 나왔다 한참을 가면
저수지가 나올 것이다
황토 판판한 자리에 낚시를 폈다
전생, 연둣빛 수면에 바늘을 던졌다
물 밑 시간이 빼꼼히 솟았다
죽은 어머니와 솜이불,
나는 밤이면 가방을 꺼내고 양복을 입는다

이상한 저녁

가야 한다 불분명하지만 서둘러야 한다
배를 탔다 불어난 물에 가라앉았다
구조헬기를 탔던 기억이 떠올랐으나
차를 주차한 기억은 없다
자전거를 끌고 학교 앞 정류장에 왔다
학생들이 저녁 등교를 한다 경례를
하고 건물로 들어간다
여학생이 자취방을 나선다
톰슨가젤이 울타리를 뛰어넘는다
비가 와 다시 집으로 갔다 어머니가
어디를 쏘다니느냐 나무란다
비 오는데 딸을 데려오라 한다
회색 양복이 비에 젖어 얼룩진다
비를 맞으며 자전거 페달을 밟는다
오르막을 올라 흙탕길을 건넌다
보건소 가는 쪽 냇물이 불었다
택시를 기다렸다 택시가 나타나고
기사가 자전거를 트렁크에 실었다
택시는 시내 쪽으로 급발진했다
기억 없는 곳에서 어둠에 추돌했다
술집 뒷문으로 여자애가 팔짱을 꼈다
가끔 왔던 기억 속에

자고 있던 주인이 나왔다
속옷 차림 여자도 문틈으로 누워 웃었다
신발이 없다 어디에 두고 왔더라
비 오는 자전거를 다시 탔다 회색 구두는
사람 오가는 흙탕길에 박혀 있었다
정신을 차릴 수 없다 문간방에
분명 누군가 살고 있다 누군가는 죽고
누군가는 피임약 먹으며
빗소리를 듣고 있을 것이다
나도 자야겠다 구두를 들여놓고,

기억을 수선하다

새벽이다, 눈을 뜨면 등 돌린 어둠도 수줍은 꽃이다
창을 열고 풍경에 작은 점 하나 찍는다
책갈피를 젖히고 나온 어둠이 박쥐를 물어 나른다
사과를 베어 먹는다 팔 꺾여도 좋은 나무가 웃는다
스토브를 옮겨 불을 밝힌다 장미가 피어난다
까만 씨방이 열리고 색소의 화염이 사방으로 퍼진다
단단한 벽에 실금이 간다 염소가 산을 밀어 옮기는 시간
비가 내린다, 천도재 올리는 산사山寺 극락전
기억을 모아 불씨 지피면 겨울도 그리운데
신원미상의 그댄 여전히 미궁이다

정물화 읽는 법

죽었다고 생각하는 것들이 살아있다
골목에 새겨진 낙서도 성당 벽에 박힌 못도
느린 속도로 살아 움직인다 멍든 부위가 번지듯
살아있는 건 중심을 지나 변방을 향한다
묻혔던 뼈들도 최대한 낮은 포복이다
별이 활엽수에서 침엽수로 옮겨가듯
시간은 아슬하게 본초 자오선을 넘는다
화병의 꽃도 식탁의 낙서를 새겨듣는다
드러누워 눈꺼풀 닫는데 천 년
서늘한 우주가 빵이 되어 부푼다

크림 도넛

중심은 통증이다 이단적인 것일수록
고양이 밥그릇이나 버려진 신발도 중심이다
그대 립스틱도 부서진 만년필도
새벽이면 복도를 긋고 내려가는 소리
모두 절박한 중심이다
돌담에 박힌 돌멩이와 이끼도
선명한 눈물로 중심을 이룬다 미혼모와
라면 그릇, 알을 품는 알락할미새도
차마 독실한 중심이다
애잔한 그것들, 맞물리면 상처다

3부
박쥐, 우산을 접다

코코넛 크랩

무슨 짐을 이리도 꾸렸는지 배낭이 돌덩어리다
거의 암벽 중간인데 중심을 잡을 수 없다
두 사람이 나를 앞질렀다 생존의 틈이 좁다
카나리아가 아마씨 같은 눈으로 나를 본다
카메라를 꺼낸다 광각 렌즈를 장착한다
무엇을 뭉뚱그려 찍겠다고 이러는지
결혼을 앞둔 여성에게 말했다
코타키나발루 쪽 수도원에 가라고,
샤워실 어둠 속에서 스님이 몸을 씻는다
나도 씻는다 갈증 나 밤길 걷는데
스님이 앞서 간다 무어라 주억거리지만
산스크리트어를 알 수 없다
여전히 내 삶은 돌 속에 갇혀있고
코코넛은 단단한 냉장고에 있다

오래된 처방전

의사는 말한다 사물을 맨정신으로 보라고
약을 두 배로 먹었는데도
딴전 피우고 의자 깊숙한 곳의 TV를 본다
비 오는 날 전선을 손에 쥐고 있는 것
그렇게 멀찌감치 왔는데도
정신을 차리면 어머니의 과거이다
엄연한 오갈피나무처럼
어머니는 날 못 보고 난 어머니를 본다는 것
환영幻影의 동굴, 활자를 추적하는 일이
몇 년째 관박쥐 걸음이다

캐리비안 블루스

나이프로 캐리비안 블루를 꺼낸다
얇은 빵에 푸른 잼을 바르고 바다에 앉는다
주황색 열선에서 그리움이 구워지는 동안
떠밀린 해초를 말려 G 현을 만들고
콘트라베이스에 건다
쉘브루 우산이 펼쳐진 바다를 연주한다
맞은 편에서 뫼르소가 걸어온다
태양은 가득히 몰려와 지루한 시간을 퇴적하고
하얀 소라 껍질 소리로 울던 소녀는
콘트라베이스에 기대 잠든다
지중해를 향해 일렬로 자라는
그리움은 늘 단답형이다

코발트블루

땅끝에 도착했다 소로에 깔린 염전 하늘을 밟는다
섬과 바다는 늘 궁핍한 길목에 있다
원고지엔 수선을 기다리는 언어가 바셀린 바른 채 있고
등대 꼭대기를 서성이다 차마 녹는 눈꽃
안개에 어둠이 섞인 날엔 별을 거둬들여야 한다
눈물을 로스팅하는 에티오피아 여인
얼룩진 생을 담아 한 잔의 커피를 내민다
카메라를 챙긴다 배터리는 빠르게 생을 비울 것이므로
고독한 것의 우선멈춤 해안에서
야윈 갈대의 영정을 준비해야 한다
탈피한 나비가 체액을 떨구듯
재즈에 색을 입힌다면 올리브가 적당할까
석회암 깔린 골목에서 그림자를 눕힌다
돌아가는 길엔 세탁소에 맡겼던 어제의 시간을 찾아야 한다
정말이지 코발트블루와 결별한 지 참 오래되었다

재즈를 듣는 시간

횃대에 앉은 닭이 악보 안에서 스스로를 가두듯
이탈리안 풍경을 잘게 쪼개 창살을 만든다
어렵다 아코디언의 베이스를 모르겠다
피를 찍어 쓰려던 시詩에 커피를 적신다
조사助詞 몇 개를 잘라주자 낙서가 잠잠하다
잉잉거리던 귀엣말이 깊숙한 곳에 숨는다
닭장에 넣어둔 책, 책장에 넣어둔 닭
기억을 옻칠한다 들뜬 손톱을 반음씩 깎고
소파 깊숙이 외이도에 머물러 본다

갈림길

아내가 수녀원에 가겠다 한다
여태 단호히 살았는데
그냥 하는 말이 아니다 심각하다
나는 알았다 했다
그 어느 것도 중요치 않다
죄다 쓸모없다
아내는 마지막 잠을 자고
나는 강아지 사료를 사러갔다

죽은 자의 시간

단칸방에 아내와 아들 그리고 어머니
잠이 들었는데 잠이 오질 않는다
뒤척이는 아내를 재워놓고 낡은 골목으로 갔다
사내들이 득실거리는 방을 지나
어린 것에 젖을 물리고 있는 여인의 방
어쩌다 그 방에 머물게 되었는지,
역시 잠이 오질 않았다
그녀는 유치원 선생으로 미혼이라는데
이유를 알 순 없으나 말띠였다
여자는 하얀 드레스를 입고 싶어 했다
그러자 사람이 모이고 결혼식이 열렸다
대책이 없었다 모기 문 곳도 가렵고 혈압약도 먹어야 했다
잔디밭에서 유치원 애들이 떠들고 있었다
뻐꾸기가 울지 않는다며 자꾸 시계를 두드렸다
순간, 놀란 새가 푸드덕
시간 밖으로 달아났다
온통 붉고 예민한, 파편이었다

오메가 시계

대대장이 지옥에 다녀올 요원을 선발했다
전역한 대원을 폭동에 투입하겠다는,
통장에 돈이 입금되고 부처님도 좋아했다
내가 지급받은 위장복은 수의였다
잠시 누웠는데 소대장이 애인을 물었다
나는 관 뚜껑을 닫으며 반쯤 웃었다
오월의 사격 소리가 꽃잎을 쏟아내고 있었다
무전 소리 헬기 소리 화려하게
애원하는 봄 햇살이 쓰러져 웅달이 되었다
네가 조준 사격한 것은 정당행위야
나는 마른 밥풀처럼 돌아누웠다
최루가스에 희석된 기억은 쉽게 지워지지 않았다
얼마나 고된 죽음이었기에
광장의 분수는 간간 피를 뿜는 것일까
치약을 잔뜩 묻혀 얼굴을 닦았다
어쩌면 실탄은 차명이고 가치 중립이야
난 다시 약실을 열고 관 뚜껑을 닫았다

시간의 방지턱을 넘다

단칸방, 한지 바른 분합문을
알전구가 환등기처럼 비추고 있다
어머니는 자다 말고 찬바람을 단속한다
이어 장롱과 나란히 눕는다
수많은 밤이 접히고 접혀 16절지가 된다
낯선 신혼 남녀가 갈 곳 없다고
내 방에 들어와 자리를 편다
밖으로 밀려나 어둠을 쬔다
시장 안에 허기진 늑대들 모임이 있어
날고기에 술을 먹었다
어둠을 한 겹 더 껴 입었다
다시 집으로 돌아와 티비를 켠다
신호가 잡히지 않는 게 어둠의 속편이다
마루로 연결된 안채로 건너간다
집주인 자는 이불속으로 몸을 눕힌다
말랑한 종아리가 닿는다
당신의 꿈은 무엇인가요 묻는다
순간의 기억이 걷히고
어둠이 파닥이며 닭이 운다
연탄불을 갈아야 할 시간!

고양이를 찾기 위한 변명

달아나는 미로 속 고양이
새벽 언저리, 실내등을 켜면 몸이 사육해 온 기억이 자취를 감춘다
고양이의 진위는 요오드를 한 방울 떨어뜨려야 감별된다
빛이 어둠을 지피면 어둠도 빛이 된다
밀물과 썰물의 45억 년 불화
주검 곳곳 단백질은 무관심으로 분해되고
입자는 살해된 것들 위에 춤을 춘다
암막 안대를 하고 누운 햇볕, 자갈밭으로 기억이 몰려
나의 경계는 무릇 창백하다

이제 우리 어떡해

애인이 퍼플빛 양말을 신자 사라졌다
식탁 위 어제 마셨던 커피를 마신다
창밖, 산발적인 어둠이 내린다
죽은 이가 사랑했던 콘트라베이스를 연주한다
맨 처음 저지른 실수는 용서받을 것이다
물 빠진 저수지에서 물고기가 뛴다
이쯤이면 사랑했다 해야 하지 않을까
사람은 왜 악착을 떠는지
수학 시험지를 받으면 아는 문제가 없다
권력은 갈수록 유죄다 대학살 이후
도서관을 찾다 길을 잃고 성당엘 간다
오래된 이콘이 무심하게 두런두런
문자 메시지가 증발해 기억은 미궁,
우체국 옆 커피숍마저 없어지면
우리 어디서 만나?
시간의 문이 닫히면 수수께끼도 끝나는데
물고기 배는 어떻게 가르고
아베마리아는 언제 부르지?

춥다

시실리時失里에서 채집한 카드뮴레드
그 불씨로 접시 위에 작은 불을 지핀다
나뭇잎과 묵은 엽서를 태우고
행간이 잘린 시詩 몇 잎 넣는다
상수리 숲에서 작은 눈물을 줍는다
술병이 차갑게 드러눕고
새들은 서로의 날개를 결박한다
노을 젖은 소녀가 스스로를 지워
슬픔은 탄화炭化되었다
닻만 올리면 갈 수 있을 텐데
영하의 고비Gobi에서 발견된,
누군가 가만 내 심장 꺼내고 있다

촉촉한 게 아픔일까

연탄 창고 바닥에 뒹굴던 기억 한 장을 줍는다
양은솥 그을리던 그 무성한 불꽃들
어둠에 불을 당기던 비사표 성냥,
뒤란의 돌확은 주저앉아 석불이 되었다
슬로우락으로 잠든 심장을 켜면
서까래에 걸린 30촉 필라멘트가 아리다
심을 깎아놓고 먹먹해질까 쓰지 않던 문화연필
낙타는 스케치북 표지에서 길을 잃고
크레용 누르던 힘이 도화지에 부러진다
결국 가진 못해도 버텨야 한다고
활자를 털며 일어서는 풍뎅이와 의자
남은 다리로 견뎌야 할 목숨이기에,
오늘은 비가 내리고 샹송이 젖고 있다

악어를 굽는 시간

다 늦게 불나비 사랑을 부르며
대체 애태울 것 없는 피카디리 뒷골목에서
무의미한 버스를 타고,
술집 즐비한 내장사 어디쯤인가에
부엽토 속 시간 조심히 걷어내며
철없는 풍경에 아스라이 달떴던 일
새벽 차마 너의 이마 만져주지 못하고
혼자 내려오는 그 길
자작 잎 한 줌 우편함에 넣고
채석강 울음을 건너야 했던 상강霜降
식어버린 주막집 난로 끌어안던,
두둑한 그 슬픔 다 어디로 갔는지 몰라

빨간 풍차 X-202

사틴* 니콜키드먼에 중독되어 전축을 사고
속을 분해하고 조립하면서도
심장의 피가 사라진 이유를 알지 못했다
어두워진 물랑루즈, 그녀의 노래가 시작되는 시간
화장한 입술과 담배 연기를 재구성해도
올이 하나 빠진 느낌
그 자리에 퇴폐적인 시를 끼워 넣었다
회색늑대는 심장이 커야 하울링이 좋다
하여 겨울의 A-2 재킷을 걸쳤다
여기는 어쩌면 가난한 시인의 무덤
침엽수림에서 거친 잔가지로
불을 질렀다 한 구절의 시詩가 연소되었다
눈 내리는 몽마르뜨는 내 안보다 춥고 어두워
술과 연료를 가득 채워야 했다,
프루시안 블루, 진공관 전축에 불이 들어오면
그리운 사람 정말 오긴 오는 걸까

* 물랭루즈의 가수

지금이 몇 시야

시간이 어디서 멈췄는지 아직 밤이다
서랍을 열면 필통, 잡동사니가 녹슬어 있다
볼펜 스프링 압정 옛 사진과 도장
창호에 비친 비애가 어둠에 젖는다
골 깊은 방안에서 어머니와 큰형은 잘도 자고
마당엔 죽은 물고기가 헤엄친다
비린내 나는 가방을 챙겨 나서면
적삼 입은 무당이 수면에 앉아 있다
주술로 묶인 새벽, 갈기갈기 찢겨 혼몽한
도대체 길고 긴 낚싯줄은 어디까지 닿았는지
밥그릇은 전당포에 있고
당분간 붕어는 흙탕에 머물 터인데
시간이 맑게 가라앉지 않는다

환등기를 켜다

낭떠러지 아래 저수지에 사내가 사료를 주고 있다
뱀장어와 메기를 가두리에 키운다는,
넌지시 그에게 어장을 팔라고 했다
눈먼 소녀가 있어 오토바이로 저수지를 구경했다
모리배가 음모를 꿈꾸는 시간, 뚝방으로 갔다
수문에 걸린 사체, 오 미스,코리아
경찰복 입은 사내가 염불하고 있었다
집으로 돌아오는 길에 지문 없는 버스를 탔다
관공서마다 전두환이 나부껴 버스는 달렸다
어머니가 굶은 채 누워있었다
아내는 외출 준비를 끝내 나는 가방에 소주를 넣었다
헐거운 채비의 낚싯줄이 풀어졌다
다락에서 환등기를 켜자 나트륨 빛으로 환생하는 얼굴들
허리춤에 질긴 낚싯줄이 감겼다
소녀가 준 쪽지를 찾았으나 나타나질 않았다
지도를 검색해도 저수지는 없었다
다행히 의사가 과열된 내 환등기를 꺼주었다

시간 연고

약을 두 배로 먹었는데도, 딴전 피우고 의자 깊숙이
티비는 거짓을 말한다
코드를 만진다는 것 의사와 내통하는 것
하마 멀찌감치 왔을 텐데 정신 차리면 어머니의 과거이다
어둠 속 싸리나무처럼 어머니는 뒤에 있고
의사는 앞에서 나를 감식한다
기억을 도굴하려는, 의사를 따돌려야 하는데
한 발 내딛는 게 붉은 뻘밭이다

잃어버린 시계

사랑하는 것도 귀찮다 사랑받는 것도,
그저 사는 게 뒤치다꺼리가 된
아침부터 새똥과 개똥을 치운다
축축한 배변 종이를 접는다
냄새에 대한 오래된 인종忍從
똥과 오줌의 채색화를 모신다
요양시설에 대한 무람한 역설이다
엄마를 난 왜 수발치 못 했을까
푸른 빨랫줄에 무명천 널던 어머니,
그저 장미꽃 한 줌 보호사에게 주고
넌짓 점자點字의 세계로 떠난,
정말 똥만 못한 내가 똥을 줍고 있다

어머니의 맞춤법

낯선 얼굴이 늘더니 어느새 집안에 꽉 찼다
서재로 몰아넣자 조용해진다
아무래도 고문법古文法은 어렵다
반치음을 넣기가 쉽지 않다
늙은 사람이 4열 종대로 지나간다
건초 냄새로 엮인 책
섬유질의 숨결은 늘 인화성이다
답답한 문을 열면 화염이 우르르 쏟아진다
마당은 함박눈 쌓여 고요하다
네온사인이 켜지는 것은 어둠의 메시지
이제 어머니를 만나러 가야 한다
거리에서 버스를 기다리는데
미등도 켜지 않은 버스가 지나간다
눈이 내려 두리번거리는 상점들
어머니에게 줄 스웨터를 찾는데
줄줄이 어둡다 장갑도 모두 벙어리
문득 불을 꺼진 계단 앞, 안치소
잃어버린 문법으로 얘기하는 사람들!

화성, 아날로그

시린 아내의 발을 만진다
중력 아래 가라앉은, 로봇이 조영제를 주입한다
위성으로 찾으려다 못 찾은 아내의 도면
분필보다 선명한 형광색으로 펼쳐있다
한때 거대한 핏줄이 흘렀을 평원
모든 수분이 우주로 날아가 각질만 남았다는
데카르트의 고민은 사실이었다
심장에 박힌 바늘로 한 땀 한 땀 별을 뜨다가
고열과 풍파 속에 해진 꿈
오랜 세월도 부서져 고요한 4시,
화색 좋게 게발선인장 깜박이는데
화성은 몇 시에 멈춰 선 것일까

부분 염색

어둠이 걷히면서 햇빛이 내려앉았다 이승을 지난 것 같다
목발을 짚은 소녀가 사라졌다 점심의 계획은 무산되었다
대신 채송화 씨앗을 뿌렸다 그리고 카페에 들렀다
조카가 살림을 차린 뒤 아이를 낳았다 빠른 속도로
시간이 이울다가 크리스마스 근처에서 멈추었다
손에 쥐었던 동전 냄새를 맡았다
비누칠을 하자 시간이 수평으로 돌아섰다
뽀얗게 기억이 증발하면서 뒷골이 저렸다
어제 치킨이 된 닭이 농담처럼 웃었다

기억, 붕대를 풀다

찔레꽃 낭떠러지에서 발목은 시리다
시간이 추락하면서 물질이 탄생한다
가슴에서 터지는 꽃이 욕망이란 걸
한밤중 휴대폰이 울고 나서야 알았다
옥상에 올라 수신된 슬픔을 누른다
객실마다 암호화되어 구별하기 어렵다
요망한 어지럼증, 비누 냄새나는 방으로 들어갔다
그리고 샤워실에서 머리칼을 잘랐다
시간을 묶고 사자死者의 서書를 읽었다
예가체프를 마신 건 다음 날이었다

영화 속으로 들어가면 피 묻은 프로펠러의 꿈을 꿀 수 있을까

또다시 허황한 밤, 불시착한 주술을 배웠다
무너진 갈빗대 사이에서 사금을 줍고
거짓 일기를 썼다 세상에서 통용되지 않는 것을 암송하며
접질린 발을 넝쿨로 감았다
불편한 위장엔 궤양이 머물고
도심엔 담홍색 태양이 떴다
쇠약한 들판을 달리다 누군가의 아픔을 스쳤다
추수가 끝난 들판에서
첼로를 파먹는 까마귀 소리를 듣다가
두서없는 기억이 쏟아졌다
어쩌면 난 살해될지 몰라
마트가 문 닫는 수요일에 버려질지도,
그나저나 침대 밑 카프카 님
그놈의 피 묻은 칼 어디다 감췄어요?

4부
박쥐, 우산을 잃다

노란 기억의 꽃

네모난 창문에 참외 장수의 목소리가 부딪힌다. 침대에 누워있던 어머니는 나를 보며 '참외가 먹고 싶다' 한다. 나는 "안 돼요, 엄마"라 응대한다. 어머니는 참외를 좋아한다. 그래서 나도 노란 참외 향과 다디단 씨를 즐긴다. 그러한 내가 안 된다 한 말은 나쁘다. 간병사가 없었다면 아니 집에서였더라면 L-tube를 빼고 침대 등받이를 세워 참외를 드렸을 텐데, 참외 장수는 눈물 자국을 밟으며 아스라이 골목을 빠져나간다.

어머니는 4층 연립 층계를 터덕터덕 올라온다. 손자에게 초코파이를 주기 위해 동네 마트에 들러 올 때면 금반지와 스테인리스 난간의 부딪히는 소리가 먼저 올라온다. 집안에 오면 초코파이를 손자에게 준다. 손자는 입가에 초콜릿을 묻히며 먹고, 며느리는 남은 파이를 감춘다. 애틋한 정과 단호한 정이 엉키는 지점이다.

어머니는 방에 들어가 티브이를 켠다. 전기를 아낀다고 방에 불을 켜지 않는다. 나는 들어가 형광등을 켠다. 모로 누워 티브이를 마주한 어머니의 체구가 유난히 작다. 티브이 옆에는 성모상이 있다. 그 앞 절반쯤 타다 만 촛불. 어머니의 생활은 언젠가부터 단출하다. 속옷 몇 벌, 돋보기와 잡동사니, 가방에 넣으면 하나로 족하다.

피아졸라의 'Oblivion'을 듣는다. 다 못 듣고 라라 파비앙의 '회색의 길Je Suis Malade'을 듣다가 'Tatyana Ryzhkova'

를 기다린다. 무엇을 해도 진득하게 오래 하지 못한다. 책도 몇 줄 읽다가 서재에 묻는다. 그때마다 버림받은 책들. 예식도 없이 비좁은 틈으로 납골 된다. 분재나 화초도 발코니에서 풍장을 치르는 중. 오디오도 '피셔'가 다녀가고 '매킨토시'가 들왔다가 다시 '카운터포인트'가 머문다. 갈 길은 멀다. 욕망이 사치란 걸 알면서도. 새록새록 새순 돋는 것들.

제시간에 약 먹는 것을 잊는다. 종일 몰아서 앓는다. 어지럽다. 무중력 상태로 허공을 뒹굴며 혼미를 겪는다. 의사는 의례적인 문진으로 처방한다. 더러 다른 환자와 나를 혼동한다. 예전의 알약들이 비닐에 덮여 착하게 나열된다. 캡슐 알약은 색상이 참 곱다. 의사가 환자의 아픔을 알까. 통증을 끌어안고 새벽까지 외로운 시간을 보낸다. 동굴에 갇혀 짐승처럼 뒤척인다. 그러건 말건 심야 티브이는 십여 년 전 프로를 재방한다. 이 한 밤 얼마나 많은 이들이 홀로 십자가를 깎을까. 지독한 '졸피뎀'과 마주하여.

미안한 것들. 참으로 한참 지났어도 선명한 것들이 많다. 온통 죄의 흔적이다. 시간의 물꼬를 트고 돌아갈 수 있다면. 상처받은 그들에게 용서를 구하고 싶다. 가슴에서 서럽게 멈춘 못을 내 심장으로 옮길 수 있다면, 언젠가 한 번은 꼭. 순박한 사람과 가난한 이들의 발을 향유로 닦아드려야겠다. 가로등 흐릿한 곳에 고인 울음에 꽃잎을 놓아야겠다. 향초를 켠 채 라라가 떠나고 지바고가 발작하는 밤. 폭우 속에 차를 세우고 나는 고흐의 풍경 속으로 들어가 노랗게 일렁이는 해바라기를 꺾는다. 이별은 쉬웠지만 화해는 쉽지 않다는 것.

눈물은 싱겁다, 매우. 기나긴 사바나의 건기를 지나도 눈물의 샘은 여전하다. 살아남은 자의 슬픔. 오월의 노래는 차마 양지바른 곳을 차갑게 만든다. 광주에서의 일곱 주야는 차라리 통곡이다. 도려낸 침묵이다. 감옥에서의 인간은 모두 '루시퍼'인 것. 신호등이 꺼지고 달이 뜨면 더욱. 무리의 오랜 습성이다. 혁명이 와도 손에 피 묻힌 사람은 피 냄새를 잊지 못한다. 등골이 협착하도록 유린당한 조선 여인. 남겨진 여인들만 가여운 나귀가 된다.

'옛날에 이 길은 새색시 적에 서방님 따라서 나들이 가던 길…… 한세상 다하여 돌아가는 길 저무는 하늘가에 노을이 섧구나. 이미자는 가사보다 섧게 노래를 한다. 버드나무 초록 줄기가 수면에 닿아 하늘이 흔들리는 봄날. 산수유가 피고 복사꽃이 피어도 새색시는 아궁이에 불을 지핀다. 청솔가지를 넣고 된장국을 끓인다. 강아지가 컹컹 짖고 닭이 똥을 싸며 마당을 간섭한다. 바지랑대 끝 잠자리는 피곤한 어깨를 잠시 하늘에 말리고. 시래기가 끓는 동안에 입덧을 삼키는 새색시. 오늘도 서방님은 돌아오지 않을 것인가. 죽음보다 애절한 게 기다림이란 걸 깨닫는 순간 악착만 남는다.

카리브 해안을 걷는다. 코발트블루 속으로 들어가 스스로를 날염한다. 바지와 셔츠가 젖는다. 헤밍웨이의 끓는 문체도 푸르게 뜸이 든다. 아득히 먼 바다에서 들리는 단발의 총성. 구둣솔 수염 하얀 헤밍웨이가 모히토 잔을 내려놓는다. 이제 남은 건 요트와 엽총. 요트는 마지막 항해를 추억하며 낡아갈 것이고 엽총은 죄책감으로 야윌 것이다. 그렇게 가슴 앓는 이의 등짝은 늘 기약 없는 멍을 먼저 보인다. 시가를 물고 노을 속에 살사를 추는 여인을 본다. 쿠바에서는 지갑 없이도 도처에서 복사꽃 웃음을 볼 수 있다. 광장마다 50년대 차량이 살아있다는 것은 기적이다. 마릴린 먼로도, 체 게바라도 아바나 광장에 살아있다. 필사적으로! 다시 쪽빛 바다가 핏빛을 건넌다.

베네치아를 갈 것인가, 코르도바를 갈 것인가, 오늘 밤은 또 누가 피를 찍어 시를 쓸 것인가. 호롱불을 켠다. 어둠과 빛이 절묘하게 서로를 배려한다. 빛은 필요한 만큼 공간을 차지하고 어둠은 그림자의 영역으로 만족한다. 파스텔톤의 부드러운 어스름이 곱다. 펜 끝에서 번지는 남청색 잉크 향도 푸르게 밤을 생성한다. 아무래도 애수의 코르도바로 가야겠다. 그리고 자작나무 그림자가 겨울로 향하면 쾰른발 열차를 타야겠다. '파반느'를 들으며, 보사노바를 좋아한다면, 흑인 올훼Orfeu Negro를 들어도 나쁠 건 없다. 사나운 짐승도 고개 숙이고 꽃들은 꽃을 피울 테니까. 쾰른엔 아직도 죽은 황녀가 기다리고 있을까. 사무칠 때 떠나면 그만인 것을.

어린 것은 예쁘다. 순수와 미분화된 거룩함이 뭉쳐있다. 경외가 그 씨방에서 탄생한다. 후텁지근한 밭, 잡초를 뽑다가도 꽃을 피운 건 차마 캘 수 없다. 첫눈도 뜨지 않은 것은 더더욱. 어느 정도 투쟁에 거칠어갈 무렵, 죄스럽게 호미를 챙긴다. 엄마 등에 업힌 어린아이이건 짐승 새끼이건 생명은 존귀하다. 신의 정원에서 함께 자라는 것이기에, 종국엔 사자와 독사와 어린이가 함께 할 날이 올진대. 동트기 전. 십 이 년을 동반한 말티즈가 죽었다. 심장비대증으로 캑캑거리다가 숨을 거둔다. 그래서 새벽은 애달픔이다. 밭 가장자리에 묻고 안개꽃을 꺾어 표식을 남긴다. 어쩌다 발길질

한 미안함도 함께 묻는다. Ich und Du, 결국, 인식한 모든 것은 결별한다는 것. 너로 말미암아 외롭지 않던 시간아, 안녕.

5일 장에 간다. 시골 노인들이 밭에서 캐 온 것들 뒤에 앉아 있다. 쪽파, 감자, 오이 등 몇 푼 안 되는 것들. 행여 마를세라 그늘로 옮겨가며 부채질한다. 멈칫멈칫 지나는 사람의 표정이 노인과 마주친다. 그 시선 중간쯤에서 야채는 저울질 된다. 뙤약볕 아래 흥정이 논의되고 지폐가 결론을 내린다. 노인의 광택 없는 손톱에 몇 개의 동전이 건네진다. 퇴비 속 발효된 시간이 잠시 촉촉하다. 웅성거리는 시장은, 노인들이 있어 서사를 이루고 서정시가 된다. 막걸리와 국밥, 성호를 그어야만 할 것 같은 오후.

보령 앞바다에 있는 무인도로 사냥을 간다. 검은 바위 기슭에 배를 묶고 비탈을 오른다. 키 작은 소나무와 잡목이 해풍에 납작 엎드려 있다. 사람의 발자국이 없는 길. 염소의 발자국을 찾아야 한다. 염소 배설물이 있는 지점 멀리 바위 위에 염소가 서 있다. 뱃소리가 섬 옆구리에 닿을 때부터 우리를 분석하고 있었던 듯하다. 우리가 고개를 들고 위치를 가리키자 염소는 바위를 타기 시작한다. 우리도 바위를 탄다. 햇볕에 달구어진 칼날 바위. 예상 도주로를 차단하자 염소는 울음부터 애처롭다. 무리가 사정거리에 들어오자 총을 겨눈다. 가늠자 위에 얹힌 까만 몸통. 격발과 함께 염소가 뛴다. 좀 전과 다른 절룩거리는 자세. 총알에 맞았음이 분명하다. 염소는 쓰러져 운다. 대퇴부에서 목으로 관통한 총알의 궤적. 목에서 피가 쿨럭거린다. 그날 저녁 죽음으로 술을 마셨고 다시는 총을 잡지 않았다. 처음이자 마지막이다.

다시 뙤약볕이 기다리는 일요일, 밭에 나가 전지를 한다. 아로니아 400그루, 몇 고랑을 지나자 나뭇가지 안에 새 둥지가 있다. 포도 열매 크기의 알 세 개를 담고. 순간이 정지화면이 되어 멈춘다. 어디선가 지켜보고 있을 어미 새. 전지가위를 내리고 모른 척 멀찌감치 다른 나무로 향한다. 어미의 마음이 다 그런 걸까. 목숨보다 소중한 새끼들. 조바심으로 사는 게 어미의 운명임을. 한여름이 지나도록 나무는 검푸르게 쑥쑥 자랐다.

저녁 9시 무렵 전화를 받는다. 환자분이 임종하셨다고. 식구와 함께 달려간다. 앰뷸런스 옆에 차를 세우고 2층으로 올라간다. 그 더딘 걸음, 더딘 시간. 침대 위 어머니는 조용히 주무시고 있다. 체온은 그대로인데 말씀이 없다. '엄마'를 소리쳐 불러도 피곤한지 눈 뜨지 않는다. 간병사가 말한다. 저녁 잡수고 일찍 주무시는 줄 알았어요. 따스한 뺨과 손. 주무시는 게 분명하다. 이게 아닌데, 이렇게 떠날 일이 아닌데. 꽃비가 내린다. 마른 잔디 겨울 구덩이로. 신부님의 성수가 뿌려지고 모든 게 없던 일이 된다. 어머니도 지워지고 나도 지워지고, 염소가 운다. 앞으로 노란 과육은 먹지 않으리.

이제 사진을 찍어야겠다. 순간과 순간 사이에 머무는 것들. 조리개를 활짝 열고 보다 선명한 기억을 향해 개들을 풀어야겠다.

김 평 엽

김평엽 시인은 2003년 『애지』로 등단했고, 시집으로는 『미루나무 꼭대기에 조각구름 걸려있네』, 『노을 속에 집을 짓다』 등이 있고, 임화문학상(2007년)과 교원문학상(2009년)을 수상했다.
『박쥐우산을 든 남자』는 김평엽 시인의 세 번째 시집이며, 그는 의식과 무의식의 영역을 넘나들며, 우울증을 앓는 동시대인의 내면의식과 그 눈물겨운 몸부림을 보여주고 있다고 할 수가 있다.

이메일 kimpy9@hanmail.net

김평엽 시집
박쥐우산을 든 남자

발　　행　　2023년 9월 7일
지 은 이　　김평엽
펴 낸 이　　반송림
편집디자인　반송림
펴 낸 곳　　도서출판 지혜, 계간시전문지 애지
기획위원　　반경환 이형권
주　　소　　34624 대전광역시 동구 태전로 57, 2층 도서출판 지혜
전　　화　　042-625-1140
팩　　스　　042-627-1140
전자우편　　eji@ji-hye.com
　　　　　　ejisarang@hanmail.net
애지카페　　cafe.daum.net/ejiliterature

ISBN　　　979-11-5728-516-7　03810
값　　　　　10,000원

* 이 책은 경기도, 경기문화재단의 지원을 받아 발간되었습니다.